ASSOCIATION DES ARTISTES DRAMATIQUES.

LETTRES

A M. LE DIRECTEUR DE LA **Revue et Gazette des Théâtres**.

CONTRE LE

PROJET DE RÉVISION DES STATUTS

Du 17 Février 1848.

PARIS

IMPRIMERIE DE E. BRIÈRE ET Cᵉ

RUE SAINTE-ANNE, 55,

Et Bureaux de la *Gazette des Théâtres*,

RUE SAINTE-ANNE, 69.

1855.

Paris, le 20 juin 1855.

A M. le Directeur de la *Revue et Gazette des Théâtres*.

Monsieur,

Notre Association des artistes dramatiques, naguère encore si digne, si prospère, si unie, est travaillée, en ce moment, par le mauvais génie des querelles intestines.

Cette dissension est un premier malheur, et, ce qui est triste à dire, ce malheur n'est ni le seul, ni le plus grand.

Depuis quelque temps, dans nos élections de famille, nous jouons entre nous à la parade politique. — Agitations préliminaires, propagande, profession de foi, réclames, mandats impératifs, listes d'exclus, listes d'élus, rien n'y manque.

Est-ce bien là le rôle qu'ont à remplir entre eux des camarades, liés pour mener à bien une œuvre philanthropique, un établissement d'utilité publique ? — J'ose en douter, et j'ai bien peur que le gouvernement, étonné de n'avoir pas été quelque peu consulté et de voir troubler, par ces petites agitations et ces petits bruits, la bonne harmonie de notre Association et la sérénité de son haut patronage, ne finisse par trouver cet anachronisme et cette comédie de mauvais goût.

Du moins, si de grands avantages devaient être pour nous la compensation du péril couru, la récompense d'un tel aléat, ce ne serait que demi-mal ; mais, à mes yeux, il n'en est rien et je suis fermement convaincu que, tout au contraire, nous n'en recueillerons que des dommages.

Le premier, c'est de nous poser publiquement comme une réunion d'ingrats. N'y a-t-il pas de l'ingratitude au fond d'une agitation et de projets qui blessent notoirement notre généreux fondateur dans ses opinions les plus arrêtées et dans ses désirs les plus ardents, qui frappent d'une exclusion volontaire ou forcée nos plus anciens adhérens, nos plus fervens promoteurs, et, parmi eux, Samson, comédien distingué, éminent professeur, esprit d'élite et cœur d'or ; — *Provost,* digne ami de *Samson,* l'honneur comme lui du Théâtre-Français et du professorat ; — *Derval,* bon camarade comme eux, et, après Samson, notre vice-président le plus zélé ; — *Frédérick-Lemaitre,* l'une de nos gloires dramatiques ; — *Volnys,* qui réunit en lui deux titres à la faveur du public et à l'affectueuse estime des artistes ; — *Marty,* l'un de nos doyens, de nos patriarches, pour lequel aussi le dernier scrutin a été un acte, non de vénération, mais d'ostracisme?

De tels procédés vis-à-vis de tels artistes inaugurent mal, il faut en convenir, aux yeux des personnes désintéressées, l'œuvre de la révision, et cependant il ne faut pas, si cette œuvre est excellente, *que la forme emporte le fond*. Dans ce cas, soyons Romains et sacrifions, je le veux bien, sur l'autel du progrès, les exigences de la confraternité et les devoirs de la reconnaissance ; mais que ce soit, du moins, à bon escient, et non de *prime-saut* ou de *parti-pris*.

Beaucoup pensent comme moi et j'ai, monsieur, appris avec bonheur par l'un de vos derniers numéros que vous receviez incessamment *argumens isolés, observations, mémoires, travaux complets*, etc.

Quoique confiant dans la haute raison, le talent éprouvé et la profonde expérience de *Samson*, son isolement apparent m'affligeait pour lui et m'inquiétait pour mon opinion. Je me demandais avec quelque anxiété si moi aussi je ne m'étais pas encroûté et si, quand je pensais *que ne rien faire était ce qu'il y avait de mieux à faire*, je n'étais pas arrivé, avant terme, à l'état de *vieillard* et de *ganache*.

Vous me rajeunissez, monsieur, en m'apprenant que je suis en bonne et nombreuse compagnie. Vous me rendez ainsi le courage de douter un peu moins de moi et voyez jusqu'à quel degré cette nouvelle élève ma hardiesse, je me décide à n'avoir pas réfléchi pour moi seul et je vous écris.

Avant d'apprécier, dans ce résumé que je tiens à rendre rapide, la vertu du projet révisionniste, il est bien de savoir sûrement ce qu'ont voulu faire, ce qu'ont fait les Statuts de 1840 et de 1848 ; de déterminer *ce qui est* pour rechercher *ce qui doit être*.

Ce qui est, je le constate en précisant :

1º Le *but* de notre Association ;

2º Les *avantages* qu'elle doit produire ;

3º Enfin les *conditions* à remplir pour y prendre part.

1º LE BUT.

Notre Association est une association de *secours mutuels entre les artistes dramatiques*.

Par sa *nature* et son *objet*, c'est une association de *prévoyance* mutuelle et de mutuels *secours* (1).

Rien de plus, rien de moins.

À la vue des misères sans nombre qui frappent tant d'artistes dramatiques, un esprit généreux, un noble cœur s'est ému.

---

(1). Art. 1er de l'ordonnance royale du 17 février 1848 ; titre du § 1er et texte de l'art. 1er des Statuts du 28 décembre 1847, qu'homologue cette ordonnance.

Navré par le spectacle du mal, il a cherché le remède.

Il l'a cherché dans la *prévoyance*, qui, lentement, jour par jour, amasse, amasse encore et finit, grain de blé par grain de blé, par faire éclore une moisson.

La prévoyance *individuelle*, c'était le grain de blé ; la moisson pouvait naître (Dieu et le temps aidant) de la prévoyance *collective*, de là puissance de l'association, de la *mutualité*.

Ainsi, nous forcer, par un lien confraternel et social, à être *prévoyans* et à amasser les uns pour les autres, voilà la première idée de notre fondateur, la première condition *statutaire* (pardon pour ce néologisme) de notre existence.

Nous avons amassé. Notre moisson a prospéré, non certes au-delà de nos vœux, mais, tout au moins, au delà de notre espoir. — Que ferons-nous de cette richesse ainsi advenue ?

Une dotation *somptuaire* pour les riches ? —Un moyen d'élever *jusqu'au superflu* ceux qui sont dans l'aisance ?—Oh ! non ; mille fois non. Cette richesse, elle est à ceux à qui la fortune n'a point souri ; qui, malgré les efforts d'une longue et laborieuse carrière, sont restés pauvres et qui, déjà aux prises avec le besoin, seront peut-être, hélas ! (quand les infirmités précoces ou la vieillese apparaîtront) aux prises avec la misère. — Cette richesse est à eux ; — pourquoi ? — Parce que nous n'avons pas fait, parce que le gouvernement n'a pas autorisé pour nous, parce que les sympathies publiques n'ont pas encouragé à notre profit... une *tontine*, mais une Société de *secours mutuels*.

Telle est la seconde idée de notre fondateur, la seconde condition *statutaire* de notre existence.

Une Société de *secours*, ai-je dit ? — Quel blasphème ! Mais s'il en est ainsi, au feu nos Statuts ! Le *secours*, c'est l'*aumône* ; l'*aumône* ravale l'artiste ; —la *pension* le relève.

Voilà de grands mots. A leur place, quelques idées bien simples.

Et d'abord permettez. Notre association est une Société de *secours mutuels*. Ainsi faite, elle vous choque ; pourquoi donc, quand vous étiez libre, quand votre adhésion était volontaire, y avez-vous adhéré ? Pourquoi, si, après vous avoir plu quelque temps, elle est arrivée à vous déplaire aujourd'hui, pourquoi, dis-je, au lieu de réaliser vos rêves par la création à côté d'elle de l'institution tontinière qui vous séduit, tentez-vous de bouleverser l'institution actuelle, et, sur ses ruines, à l'aide de la moisson qu'elle a fait naître et grandir, tentez-vous de fonder la vôtre ?

Vous le tentez cependant et votre prétexte c'est que le *secours* c'est l'*aumône* et que l'*aumône* dégrade. Quel abus de mots et quelle exagération irréfléchie ! — A quelle distance d'idées nous sommes les uns des autres !

Lorsqu'une association de camarades, appartenant tous à la grande famille des artistes dramatiques apprend que l'adversité menace ou atteint l'un de ses membres, ses secours sont, selon moi, un acte de piété fraternelle et, en tendant ainsi à celui qui souffre une main amie et secourable, elle s'honore, elle l'honore et ne l'humilie pas.

Mais qui donc, après tout, parle d'aumône ? — Pour faire l'aumône, il faut donner son propre argent, je suppose et il n'en est point ainsi quand cet argent est le fruit d'une association ; que chaque sociétaire a concouru, pour sa part, volontaire ou réglementaire, à la formation du fonds capital ; quand, en un mot, c'est la *mutualité* qui a créé cette richesse collective et que c'est, par suite, la *mutualité* qui en est restée propriétaire.

Dans une telle situation, le fonds acquis par le labeur commun, par l'accumulation des apports individuels, le patronage du Gouvernement et le concours des amis de l'art dramatique, n'appartient pas *aux sociétaires, mais à l'association*. Il n'est à personne, parce qu'il est à tous. Parmi nous, il n'en est pas qui donne ; il n'en est pas qui reçoive. Donner pour nous, c'est rembourser, à ceux que les Statuts désignent, la part que leur ont acquise, d'après ces Statuts, leur adhésion et l'argent qu'aléatoirement ils ont consenti à mettre en commun. — Recevoir c'est, en vertu du droit correspondant, rentrer légitimement dans cette part.

En face de cette décomposition si naturelle et si vraie de l'économie de notre institution, plus de déclamation, de grâce, sur cette sorte de *restitution* de part sociale que l'on a appelée du nom de *secours* ; plus de parallèle entre le *secours* et la *pension*. Là où l'idée apparaît si nette et si juste, plus de querelles de mots, je vous prie. Songez, d'ailleurs, que, si vous étiez disposés à nous faire un tel procès, au nom de la grammaire, vous trouveriez en face de vous nos Statuts de **1840**, nos Statuts de **1847**, l'avis du Conseil d'Etat qui les a homologués et l'ordonnance royale qu'avait préparée cet avis.

2° LES AVANTAGES.

La *nature*, l'*objet*, le *but* de notre Association bien définis, quels sont ses *avantages* ? Les voici :

1° Des *secours* à distribuer ;

2° Des *pensions* à créer (art. 2 des Statuts).

Je viens de m'expliquer, pour ne plus y revenir, sur l'appréciation *morale du secours* ; reste son appréciation *matérielle*.

Les révisionnistes s'indignent de sa modicité. — « *Trente* ou *quarante* » *francs*, moins peut-être, disent-ils ; mais ce n'est point un secours » suffisant. Si je suis sans place, si je perds l'usage de mes facultés, si » je deviens sourd, aveugle, paralytique, que fera pour moi l'Asso-

» ciation? — Elle me donnera... *trente* ou *quarante* francs ! (1) »

Trente ou *quarante* francs, oh ! c'est bien peu.—Mais, hélas ! si nos camarades pauvres sont en tel nombre que, malgré un fonds de 32,000 francs de rente, les secours à attribuer à chacun de ceux qui souffrent ne puissent pas s'élever au-delà, à qui la faute ?—Il faut en accuser non nos Statuts, mais le malheur du temps, la rigueur du sort. — Pour conjurer ces malheurs, il faut, non élever un schisme qui sépare, mais rendre plus homogène le lien de solidarité qui unit.— Il faut *augmenter* le fonds des secours et surtout ne pas le *réduire*.

Est-ce là ce que fait le projet? — Non, il fait tout justement le contraire. Par une contradiction inouïe, après s'être lamenté sur la misère de tels secours, il leur fait une double brèche.

En premier lieu, quand les Statuts actuels (art. 33) leur assignent *un quart* des revenus, il les réduit (art. 35 du projet) au *sixième*, de telle sorte que, dans l'état présent de notre caisse, il leur alloue 5,400 f. à peine, au lieu de 8,000 fr. qui leur étaient assurés. Une différence en moins de plus du quart, tel est son premier bienfait.

Ce n'est pas tout.—Il y a, dans l'art. 29 du projet, une toute petite addition, glissée sans bruit, avec cette modeste explication qu'on l'insère pour ordre et afin d'éviter, dans l'avenir, toute équivoque et tout malentendu. C'est celle qui, après ces mots : *Les intérêts des fonds placés... sont distribués en secours et pensions,* complète la disposition par ces mots : « *Après avoir prélevé d'abord sur ces intérêts les frais d'adminis-* » *tration.* »

. Comprenez-vous bien cela, et que vous en semble, Monsieur? — Les secours sont misérables, très-bien ; nous allons les rendre presque nuls.—D'ordinaire, on ne fait pas payer aux résultats acquis par les exercices passés les frais des nouveaux exercices.—En bonne comptabilité, c'est, par exemple, aux recettes de 1855 à liquider les dépenses de 1855, parce qu'ainsi on met en caisse non le *brut*, mais le *net* des ressources.—C'est là, en même temps, une règle morale qui fait payer non au passé, mais au présent le présent. — Nos innovateurs ne veulent pas de cette morale et de cette règle.—Les revenus, fruits de quinze années d'effort et d'économie, acquitteront leurs dépenses, et si, comme cela est, ces dépenses s'élèvent à cinq ou six mille francs par année, nos 32,000 fr. de revenus seront réduits, quant aux distri-

---

(1) Discours au Comité.—Dans ce discours, le secrétaire du Comité se trompe (je ne sais trop pourquoi) sur les chiffres. — Nous savons tous (et la collection des rapports est là pour nous le rappeler) que certains secours ont atteint 300 fr. ; que le plus grand nombre s'élève à 200 fr.; que le reste varie entre 100 et 200 fr.; qu'enfin des secours de 40 fr. par an sont une très rare exception. — Ceci soit dit par esprit d'exactitude et pour mémoire.

butions à faire, à peu près d'un cinquième, et le fonds libre pour les secours tombera de 8,000 fr. à 6,400 fr., selon le *quart*, ou de 5,400 fr. à 4,320 fr., selon le sixième.—Tel est leur second bienfait.

De tels résultats sont vraiment si étranges que j'avais cru, tout d'abord, à quelque inadvertance de rédaction. Erreur profonde de ma part.—L'inadvertance supposée était une habileté souveraine.

Le projet tend à quoi ?—A la création de pensions de SIX CENTS FRANCS dans douze années.—Pour les créer, il faut des fonds et, ma foi, si, pendant ces douze ans, on pouvait économiser de toute manière sur les secours, si on capitalisait successivement, en principal et inté-rêt, ces économies, on trouverait, pour l'opération projetée, une somme déjà assez ronde.—Que ce soit, par exemple, dix ou douze mille francs d'économie par année, et, au bout des douze ans, *cent trente ou cent quarante mille francs* seront là pour attester l'habileté financière de cette conception.

Mais que deviendront, pendant sa réalisation, *les artistes sans place, les sourds, les aveugles, les paralytiques, les pauvres* dont le projet, dans son exposé de motifs, me paraissait s'être si fort ému ? Ce qu'ils deviendront ? Mais c'est bien simple ; leurs secours seront réduits du tiers, de *trente* ou *quarante* francs à *vingt* ou *trente* francs.

Oh ! s'il en est ainsi, convenons que prélever pendant douze ans sur le pain promis à la misère pour engraisser un fonds de pension auquel prendront part indistinctement les heureux et les malheureux, les pauvres et les riches ; c'est habile peut-être, mais c'est très-certaine-ment injuste, inhumain, cruel ; convenons que, si c'est un progrès, c'est un progrès à la façon de l'écrevisse, c'est un progrès à re-culons.

J'aime mille fois mieux les *secours* de nos Statuts, et j'aime mille fois mieux aussi *leurs pensions*.

Le droit qu'elles assurent sera ouvert dans *trois ans.—Les trois quarts* de nos revenus leur sont réservés. Acquises d'*après l'ordre d'inscrip-tion dans la Société*, elles seront de 200 fr. pour ceux qui auront 50 ans d'âge, 30 ans d'exercice, 10 ans de sociétariat. Elles s'élèveront à 300 fr. pour ceux qui, aux 10 ans de sociétariat, réuniront 60 ans d'âge et 40 ans d'exercice. (Art. 33 et 34 des Statuts.)

Le projet fait à ces pensions une double querelle : 1º elles sont sou-mises à une trop longue durée d'exercice ; 2º elles sont trop modiques.

Je m'arrête peu à la première critique ; c'est un détail et je consens, si l'on veut, à ce que l'on consulte avec soin l'état du personnel de nos anciens et surtout *des anciens du chant et de la danse*, pour se rendre un compte très-exact à cet égard. J'aurais, d'ailleurs, pour ma part, plus de goût à étudier les tables si touchantes de notre longévité que nos tables nécrologiques. Seulement, quand les défenseurs du projet

de révision affirment qu'un pensionnaire à 300 fr. est un être telle-
ment invraisemblable qu'il doit être mis au rang des *mythes*, ils prouvent que, s'ils ont bien lu les unes, ils n'ont pas lu les autres et l'état
des secours distribués pourrait leur dire que, grâce au ciel, l'art dramatique ne dévore pas ses adeptes et que beaucoup atteignent un
long exercice et une grande vieillesse ; — mais, je l'ai dit, c'est là un
détail et je passe, pour m'arrêter un instant, aux modifications proje-
tées sur cet objet.

D'après elles, il ne faudra plus que *vingt* ans d'exercice ; mais, en
revanche, il faudra *toujours soixante* ans d'âge ; il faudra *toujours, toujours* TRENTE ans de sociétariat.

C'est là votre progrès ! En vérité, je m'y perds. Nos pensions commenceront, pour les sociétaires d'*origine*, dans *trois* ans. Et les vôtres ?
Dans *douze* ans, dites-vous ; non , vous avez voulu dire dans QUINZE
ans (1). Voilà votre premier progrès.

Pour les sociétaires *nouveaux*, nos pensions commenceront dans *dix*
ans. Et les vôtres ? Dans TRENTE ans (2). Voilà votre second progrès.

Nos premières pensions commenceront à *cinquante* ans d'âge ; les
vôtres à *soixante*.— Voilà votre troisième progrès.

Et vous croyez compenser cette surcharge de conditions écrasantes
parce que vous aurez réduit la durée de l'exercice théâtral de *trente*
ou *quarante* ans à VINGT ans ? En vérité, c'est là une telle illusion, un
tel mirage que s'y laisser prendre, c'est .., je n'achève pas (3).

---

(1) *Quinze* ans, car le projet exigeant (art. 36) *trente* ans de sociétariat et la Société n'ayant encore que quinze ans d'existence, quinze
nouvelles années restent bien à courir.

(2) Les artistes *non sociétaires* auxquels on fait appel auront donc,
pour les décider à s'enrôler, ce progrès qu'au lieu de *dix ans* de so -
ciétariat il leur en faudra *trente* ; mais ce n'est pas tout. — Quand ils
auront leurs trente ans, leur droit à la pension sera ouvert ; mais,
comme la pension est payée suivant les *numéros d'inscription*, ils seront primés par les 2,400 sociétaires actuels. Beaucoup, sans doute,
ne seront plus ; mais il en restera assez, s'il plaît à Dieu, pour que les
nouveaux venus aient encore quelques nouveaux *dix ans* ou *vingt ans*
à attendre. Quelle séduisante perspective !

(3) Les déceptions du projet ne se démontrent pas seulement par
cette *dépense d'années*, mais aussi par la *dépense d'argent* ; en voici la
preuve :
Actuellement, le droit à la pension de 200 ou 300 fr. s'acquiert par
le versement d'un droit *maximum* d'admission de 30 fr. et de dix ans
de cotisation à 6 fr. au total 90 fr.

D'après le projet, pour avoir droit à la pension de 600 fr., il faudra
verser un droit d'admission de 48 fr. et 24 fr. de cotisation pendant
trente ans, au total 768 fr., de telle sorte que, pour une pension *du
double* (pension dont le paiement est, par parenthèse, exposé à bien
des aventures), on aura très-certainement payé HUIT FOIS plus. —
Quelle étrange conception et comment s'y laisser prendre !

« Oui, me direz-vous ; mais nos pensions seront de **600 fr.** et les vô-
» tres?... »

Oh ! permettez. Laissez-moi, avant de répondre, constater par des
chiffres, la richesse actuelle de notre future Caisse de pensions.

Nous avons à peu près de 32 à 33,000 fr. de revenus. Dans trois ans,
selon la moyenne des recettes passées, nous aurons (si la scission actuelle ne diminue pas, hélas ! ces recettes) 40,000 fr. de revenus envi-
ron, et, conséquemment, 30,000 fr. (les trois quarts) à attribuer aux
premières pensions. Nous pourrons ainsi pensionner de 200 fr. *quatre-
vingt-dix* camarades, et *quarante* de 300 fr. ; *cent trente* au total.
Chaque année, selon le même calcul de probabilité de nos moyennes
(j'emprunte ces calculs à l'auteur même du projet), nous pourrons
ajouter aux pensionnaires précédens *six* pensionnaires à 200 fr., *un*
pensionnaire à 300 fr. de telle sorte qu'à la venue du terme de quinze
ans imposé par le projet, nous compterons déjà *cent soixante-deux* pensionnaires à 200 fr., *cinquante-deux* à 300 fr. ; *deux cent quatorze* pensionnaires au total (1).

Certes, c'est là un état présent, une espérance d'avenir bien faits
pour encourager, et quand on songe (en faisant une part malheureu-
sement nécessaires aux mutations annuelles résultant des décès) combien de malheurs auront été ainsi évités ou adoucis, on se prend à
bénir malgré soi ceux qui ont eu la pensée, le mérite et le bonheur
d'organiser tout cela.

Une protestation trouble cependant, avec une fâcheuse aigreur et
une regrettable persistance, ce concert de bénédictions. 200 fr., 300 fr.,
c'est misérable, *dit*-on.—Parlez-nous de 600 fr., de pension, et « vous
» verrez se rallier à la grande famille tous les *égoïstes*, tous les *in-
» différens*, tous ceux qui la dédaignent aujourd'hui et restent dans
» *leur isolement coupable.* »

C'est là, messieurs, votre pensée et votre cortége ; je ne suis pas des
vôtres.

Vous faites de la pension de nos Statuts ce qu'elle n'est pas,
ce qu'elle ne peut pas être, ce que je ne veux pas qu'elle soit.
— La pension, mais c'est un secours avec un caractère de plus.
— Le secours est facultatif ; la pension constitue un droit acquis

---

(1) On affirme, d'après les *tables de la mortalité*, qu'il n'y aura pas
proportion entre les droits *ouverts* et les pensions *possibles*. — On a
raison pour un temps ; mais qu'on fasse entrer dans ces calculs les
élémens moraux, tels que : Age des premières parties prenantes, mutations par décès, renonciation à leur droit de la part de certains pour
en laisser le profit à de plus pauvres, et l'équilibre s'établira prompte-
ment. — Ce fait, d'ailleurs, prouve moins contre *les Statuts* que
contre *le projet*, qui, après quinze ans, assurera à peine quelques pensions, *s'il en assure.*

et est obligatoire. Sauf cette différence entre elle et lui, c'est tout un. — Elle est *insuffisante ;* oui, comme *amorce tontinière ;* non comme *secours,* et pourquoi ? — Parce que si elle ne correspond pas toujours à la misère qu'elle doit apaiser, le secours facultatif lui viendra en aide et la complétera. Y voir autre chose, c'est fausser notre institution ; c'est faire de nous ce que nous ne sommes pas, ce que nous ne voulons pas être, des spéculateurs. L'acte d'agiotage égoïste prendrait ainsi la place de l'acte de prévoyante philanthropie. — Et quel agiotage ! Qu'on en juge par ces chiffres :

Les sociétaires d'*origine* ont versé, d'après les Status, pour les quinze années révolues, droit maximum d'admission compris, 120 fr. — Pour les quinze années exigées par le nouveau projet, ils auraient à verser 360 fr. Au total, 480 fr. — Les sociétaires *nouveaux,* avec le droit d'admission de 48 fr. et les trente ans de cotisation projetée, auraient à verser 768 fr. — Les premiers, pour 480 fr., les seconds, pour 768 fr., auraient acquis une rente viagère de SIX CENTS FRANCS.

600 fr. de rente ! Oh ! c'est magnifique ! mais... mais... mais je vais démontrer que c'est moralement et mathématiquement impossible.

3° LES CONDITIONS A REMPLIR.

Elles sont, d'après nos statuts, simples et faciles. Il faut être artiste dramatique depuis trois ans, signer son adhésion, acquitter un droit d'admission au *minimum* de 18 fr., au *maximum* de 30 fr., payer une cotisation mensuelle de 50 c., 6 fr. par an.

Au lieu de cela, le projet ne demande que deux ans d'exercice (1) ; mais il demande 48 fr. de droit d'admission, et une cotisation mensuelle de 2 fr., 24 fr. par an. (Art. 5, 6, 7 et 8 des statuts anciens et nouveaux.)

La logique, il faut en convenir, a ses conséquences fatales et ses cruautés.

La *révision* poursuit la destruction de notre caisse de secours et, à sa place, l'intronisation d'une tontine. Pour y arriver, elle a déjà projeté bien des choses, et voici qu'à titre de coup de grâce, elle décrète

---

(1) C'est encore là une innovation irréfléchie.

Nos Statuts, désirant moins de l'argent que des sociétaires sérieux, ont voulu que l'adhésion ne fut pas un acte d'entraînement, mais qu'elle fut précédée d'une persistance constatée dans la pensée de suivre la carrière théâtrale. Ils ont vu une garantie de cette persistance dans un exercice préalable de trois années.

Le projet, qui aime les sociéraires moins pour eux que pour leurs droits d'admission et de cotisation, supprime un tiers de cette garantie. — Pourquoi ne la supprime-t-il pas en entier, et ne prend-il pas ses adhérens parmi les artistes en début et les élèves du Conservatoire ? Ce serait moins paternel mais plus lucratif.

une mesure qui peut appeler à elle (je le veux bien, mais j'aime à en douter) les heureux du théâtre, mais qui, par contre, met impitoyablement à la porte tous ceux en vue du malheur desquels notre Société de prévoyance a été fondée.

On le nie. — Pourquoi ne nie-t-on pas la lumière ? Est-ce que tout le monde ne sait pas qu'il y a de petites troupes, de petits emplois, de petits traitemens et, avec cela, de grandes charges et parfois de grandes misères ? — Que certaines de ces misères sont telles que payer 6 fr. par année leur a été souvent impossible et que le nombre des radiations opérées sur ce douloureux motif est chaque année considérable ? — Que la bienfaisance d'artistes (que je ne nomme pas parce que cette bienfaisance aime à être discrète), a payé, sans le dire, pour beaucoup de ceux qui ne pouvaient pas payer ? — Que les archives de notre Société fourmillent de lettres de nos délégués ou des directeurs de théâtre attestant l'impuissance à laquelle les avaient condamnés de cruelles détresses ?

« Un artiste, dit on pour nous répondre, un artiste, qui n'a pas six » cents francs d'appointemens, n'est pas un véritable artiste. »

Oh ! je ne veux pas m'arrêter à ce qu'une telle idée, présentée sous la forme péremptoire d'un axiome, renferme en apparence de fierté aristocratique ; à ce qu'elle a d'humiliant pour les emplois modestes, pour les *utilités*, pour les débutans mal appointés, transformés ainsi, d'un trait de plume, en parias de l'art dramatique ; — mais je ne prendrai au sérieux un tel axiome que lorsqu'on m'aura dit quel est le traitement, *même pour les hauts emplois*, des artistes que ruine la faillite d'un directeur ; — de ceux qui, réunis en société, sont écrasés sous le poids de leurs dettes ; — de ceux qu'écrasent également des charges de famille plus fortes que leurs ressources ; — de ceux à qui un début malheureux ou une maladie de plusieurs mois enlève jusqu'à la possibilité d'un engagement ; et c'est là (car j'ai hâte de m'arrêter au milieu de cette triste énumération) ce qui m'a fait dire que le projet n'était pas *moralement* possible.

Mathématiquement, il est bien plus impossible encore. En veut-on la preuve ? Que l'on veuille bien compter avec moi.

On veut élever la cotisation à 24 fr. ; soit. On espère qu'avec ce chiffre, malgré les impuissances et les dissidences, le nombre des sociétaires augmentera. On se trompe, et pour moi, je ne puis accorder qu'une chose, c'est que, ne décroissant pas, il laissera les sociétaires au nombre actuel (déduction faite des non-valeurs et des mécomptes) de 2,300. La recette totale sera, pour l'année, de 55,000 fr. *au maximum*. Si l'on en déduit les frais (que je ne puis, en conscience, laisser prélever, même pour partie, sur les revenus acquis dans les années antérieures), que restera-t-il ? Je l'ignore ; mais ce que je sais bien, c'est qu'avec des recettes de cent, cent dix, cent vingt mille francs, l'économie moyenne a été seulement de 2,000 fr. de rente par année. Aussi, soyons prudens, et ne portons cette première nature de recette que pour mémoire (1).

Il en est une seconde bien simple, bien liquide, bien facile à compter et qui est toute dans un chiffre : 32,000 fr. de rente. C'est la fortune actuelle de la Société ; mais cette fortune est à nous, bien à nous, en vertu d'un contrat placé sous la haute garantie et le tout puissant contrôle de l'Etat, contrat d'où découlent.2,300 droits acquis. Cette fortune, dès-lors, n'a rien à faire avec les innovations et les innovateurs. Elle est, sauf la part réservée aux secours (2), solennellement promise, juridiquement affectée à nos pensions, et le projet l'a si bien compris qu'il la leur a réservée par son art. 40. Qu'on la respecte donc, même dans les comptes, en n'en parlant pas.

Reste une troisième source de fortune, source féconde dans nos mains et qui, tous les ans, a dépassé de beaucoup en richesse celle qu'ont produite nos apports personnels, je veux parler des offrandes offertes à notre œuvre par les sympathies du public.

Si l'œuvre se transforme, si la spéculation philanthropique *pour autrui* fait place à la spéculation égoïste *pour soi-même*, compte-t-on, nonobstant, adresser à ces sympathies le même appel? Quêter pour un acte de fraternelle humanité honore celui qui demande à l'égal de celui qui donne ; quêter pour sa propre pension, c'est autre chose, et j'en sais beaucoup qui n'en feront rien.

---

(1) Espère-t-on, par hasard, récolter sans semer, recevoir sans dépenser?—Espère-t-on, si l'on dépense, trouver le secret de faire payer ces dépenses par d'autres recettes et arriver ainsi à garder intact le produit des cotisations? C'est impossible, et cependant, si l'on veut, je l'accorde et je compte.

Au bout de douze ans, on aurait, en capital, 660,000 fr. et, en rente, de 26 à 27,000 fr. C'est superbe ; mais après tout, ces 26 ou 27,000 fr. de rente, transformés en pensions de 600 fr., après le prélèvement du *sixième* pour les secours, ne donneraient que 35 ou 36 pensions.

Trente-six pensions, avec des hypothèses invraisemblables, des calculs impossibles, des chiffres fantastiques, quand nous, avec des certitudes, des chiffres vrais, des calculs expérimentés par quinze années d'existence, nous en aurons constitué *deux cent quatorze!* Comparer ainsi, c'est choisir.

(2) Du reste, les *secours* sont encore moins bien traités que les pensions. — *Facultatifs*, ils dépendent exclusivement du Comité, qui est pour les accorder ou les refuser, *omnipotent*. — Malheur, dès lors, aux sociétaires qui seront restés fidèles à nos statuts ! — qu'ils aient faim ou froid, les refus du Comité les puniront de cette fidélité. — Et voila, pourtant, comme tout s'enchaîne. Que le point de départ d'un projet soit injuste, arbitraire, et l'on est bien sûr de rencontrer injustice et arbitraire à chaque pas.

Si cette source disparaît en totalité ou seulement en partie, comment sera advenu, dans quinze ans, dans trente ans, le fonds dont les revenus doivent être la dotation de riches pensions? Quand les droits seront ouverts et qu'il y aura beaucoup *d'appelés*, combien y aura-t-il *d'élus?*—Bien sphynx serait celui qui oserait nous le dire. Pour moi, comme je n'ai vu nulle part le mot de telles énigmes, j'affirme que le projet, repoussé par tant de hautes considérations morales, repose d'ailleurs sur le sable et qu'il s'écroulera de lui-même devant notre conseil judiciaire (1) ou devant le Conseil-d'Etat.

Je sais que, pour demander au cœur une adhésion que la raison refuse, on a eu l'adresse de placer le sort du projet sous la protection d'une pensée acceptée d'avance, *la présidence à vie de Taylor*. Je bats des mains et du cœur à cette pensée, quoiqu'à mes yeux il y ait peut-être plus de prix pour *Taylor*, plus de bonheur pour nous dans un usage, grâce au retour duquel nous pouvons chaque année, par un vote unanime de notre Comité, consacrer sa présidence et notre gratitude.

Je sais aussi qu'afin de tenter l'Etat par une déférence respectueuse, le projet le prie de se saisir de la nomination de notre président ; mais ce que je sais bien c'est qu'à mon sens c'est là une flatterie sans raison d'être et qui, dans les hautes sphères du pouvoir, causera sans doute quelque surprise. Cet abandon spontané d'un droit accordé à toutes les associations de même nature, abandon qui aliène, au préjudice de la nôtre, une de ces douces missions dans l'accomplissement de laquelle chacun de nous acquitte, au profit de qui nous dirige bien, sa dette de reconnaissance, m'a paru malheureux.—Notre Société, nos élections sont une affaire de famille et c'est encore ici méconnaître son *esprit*, son *but*, demander une transformation contraire à sa *nature*, à son *objet*.—Quoi qu'il en soit, président élu, président nommé, peu m'importe si, comme j'en ai le ferme espoir, le gouvernement, dans sa clairvoyance si élevée, sauve notre œuvre en défendant à l'impatience et à l'irréflexion de porter la main sur l'arche sainte.

Agréez, etc.

P. S. Je crois à la valeur de ces réflexions, non à la valeur de mon nom et vous me seriez agréable en le gardant pour vous.

---

(1) En parlant du *Conseil-Judiciaire*, j'avais compté sans MM. du Comité.—En vertu de droits, qu'ils réputent modestement *droits souverains*, ils ont invité le *Conseil Judiciaire* à s'abstenir de tout examen, de tout avis sur le *fond* du projet. Qu'a fait le Conseil? — On dit qu'il n'a pas accepté cette injurieuse limitation du pouvoir consultatif exercé par lui depuis quinze ans avec tant de lumières, de zèle. de désintéressement, et qu'il s'est abstenu sur le tout. Pour ce désintéressement, ce zèle, ces lumières, l'invitation du Comité est, convenons-en, un honoraire qui n'a pas de nom dans la langue de la reconnaissance et du savoir-vivre.

Paris, le 27 juin 1855.

A Monsieur le Directeur de la *Revue et Gazette des Théâtres*.

Monsieur,

Le *Messager des Théâtres* m'a fait l'honneur de répondre à ma lettre de jeudi dernier.

Du haut de son nom et de son ironie, il me reproche de m'être jeté dans la lutte la *visière baissée* et d'être resté à l'état d'*inconnu*.

Si mon nom n'a pas la valeur du sien, en le taisant, j'ai fait preuve d'une qualité de plus en plus rare, de modestie.

Si mon nom a une valeur égale, j'ai fait preuve de convenance en ne transformant pas une discussion théorique en un antagonisme de personnes.

Si mon nom a une valeur supérieure, j'ai fait preuve, sinon de générosité, du moins de courtoisie.

Dans ces trois alternatives, je maintiens donc ma détermination comme de bon aloi, mon silence comme de bon goût.

Il me semble, du reste, que le nom n'est rien dans tout ceci, puisqu'on ne s'incline même pas devant le nom de Samson.—Eh bien, soit ; courons sus à la controverse, examinons les *chiffres*, pesons les *raisons*.

Des *raisons*?—J'en cherche et je n'en trouve pas.

Des *chiffres*?—J'en trouve et des meilleurs.—Jugez-en, Monsieur.

A la fin de 1869, il y aura (c'est infaillible) 1,680 sociétaires de plus, et de plus aussi, non 118,960 fr., comme on le dit par erreur, mais (ce qui est bien mieux) 120,960 fr.

C'est beau, n'est-ce pas ? Monsieur. Mais, hélas ! voici tout le secret de cette beauté.

On prend pour moyenne des adhésions *annuelles*, 160.—Pourquoi 160, quand la moyenne des *dix dernières* années est de 127 ? quand les adhésions des deux dernières n'ont pas atteint la *centaine* (elles ne sont que de 93) ? quand les 48 fr. de droit d'admission, unis aux 24 fr. de cotisation, en réduiront encore le nombre ? quand ce nombre doit diminuer aussi d'année en année, par ce seul fait que le monde des artistes n'est pas sans limite ; que, dès lors, l'augmentation progressive des *adhérens* amènera tout ensemble une diminution dans le nombre des *dissidens*, un abaissement progressif et nécessaire dans le nombre des adhésions futures ? — Ma foi, Monsieur, je n'en sais rien.

Voilà donc 160 adhésions annuelles.—Les radiations, les décès les réduiront d'un *quart*, c'est encore infaillible.— Pourquoi d'un *quart*, quand les états comparatifs, joints au rapport de l'année dernière, prouvent que, dans une période de quinze années, les réductions ont été dans une proportion double et triple de la réduction hypothé-

tique du projet? Quand, par exemple, 1840, qui a réuni 1,109 sous-
criptions, n'en laisse plus pour aujourd'hui que 484 ? — Que 1841 est
tombé, par le cours du temps, de 1,400 à 601 ?

1842, de 1,500 à 754 ?

1843, de 1,820 à 880 ?

1844, de 2,169 à 1,035 ?

1845, de 2,452 à 1,196 ?

1846, de 2,809 à 1,386 ?

1847, de 3,000 à 1,478 ?

1848, de 3,090 à 1,544 ?

1849, enfin, de 3,400 à 1,650 ?

Pourquoi réduire seulement d'un *quart?* — Ma foi, Monsieur, je
ne le sais pas davantage.

C'est cependant sur de telles prémisses que l'on calcule et voilà ce
que l'on baptise du nom de chiffres (1). — En vérité, un système fondé
sur de tels élémens me rappelle, malgré moi, les *Moulins à vent* de Cer-
vantes. Je ne veux pas, en les attaquant plus longtemps, me donner le
ridicule de *Don Quichotte* et je tiens mon rôle comme fini.

Agréez, etc.

Post-Scriptum. — Un dernier mot

Une préoccupation incessante tourmente l'esprit, quand on cherche
à se rendre un compte sérieux du but que poursuit le projet.

Son but apparent, c'est la création d'une tontine devant amener,
pour profit, non certain, mais probable, non pour tous, mais pour
quelques-uns, une pension viagère de 600 fr.

Dans l'apparence, il n'y a pas, il ne peut pas y avoir d'autre but.

S'il en est ainsi, à quoi bon tout ce bruit, toutes ces désunions,
toutes ces querelles intestines ?

La véritable *caisse de retraite pour la vieillesse* n'est pas à créer ; elle
existe depuis 1850. Décrétée législativement à cette époque, elle a été
organisée par le décret de 1851, les loi et décret complémentaires de
1853. Depuis lors, elle fonctionne très-activement, avec cette sécurité
et cette régularité assurées d'avance à toutes les institutions placées
dans les mains du gouvernement.

---

(1) Malgré l'évidence de ces rapprochemens, les auteurs du projet,
pour continuer à faire illusion, maintiennent leur chiffre fantasmago-
rique de 120,960 fr., et le maintiennent contre toute raison, net de
tous frais.—Qu'y gagnent-ils, après tout?—Le voici : Cette somme
produit à 4 p. 100, une rente de 4,838 fr. 40 c., qui donne fonds suffi-
sans (après le prélèvement d'un sixième destiné au secours) pour
payer *six pensions et un soixante-douzième de pension à six cents francs.*
Six ou sept pensions ! Quelle misère ! Et pourquoi tant de calculs et
d'ostentation pour si peu ?

Tous les Français, majeurs de 18 ans, quelle que soit leur profession, sont admis à y prendre part.

Ils ont, pour receveurs de leur dépôt, l'*Etat* dans la personne du directeur de la caisse des dépôts et consignations, pour Paris, des receveurs généraux et particuliers, pour les départemens—et pour débiteur de leurs pensions, encore l'*Etat*.

Cette pension n'est point *aléatoire* : elle constitue, quand advient l'âge légal, un *droit acquis et payé*.

Cet âge, c'est, comme dans le projet, 60 *ans*, avec ce double avantage, d'une part, que, si le déposant le stipule ainsi, il peut avoir, à 50 *ans*, une pension moindre sans doute, mais toujours assurée, et, d'autre part, que, même avant cet âge, la pension peut être liquidée au cas d'infirmités prématurées ou de blessures graves.

La pension maximum est aussi, comme dans le projet, de 600 fr.

Quant aux versemens, ils varient d'importance, — suivant l'importance de la pension à laquelle le déposant veut prétendre; mais ils sont toujours relativement modiques.—Ainsi, par exemple, pour avoir, à cinquante ans, une pension de 196 fr., il suffira de déposer, pendant trente ans, 10 centimes par jour.

Voilà, dans son résumé sommaire, l'économie de cette institution éminemment philanthropique, dont le gouvernement impérial a doté le pays. Pour apprécier définitivement la simplicité de son mécanisme, la prudente sagesse de ses combinaisons, la charité si humainement entendue de ses prévoyances, il suffira de consulter le *Guide du Déposant à la Caisse des retraites*, de M. Beauvisage, commis-principal à la Caisse des Dépôts et Consignations.

Quoi qu'il en soit (on le redit), cette caisse existe ; elle n'est plus à faire. — Si le projet n'a pas voulu autre chose, il a eu le double tort d'un plagiat malhabile et d'un double emploi irréfléchi.

S'il a voulu autre chose, qu'on le dise enfin.

Au demeurant, et tant qu'une révélation fort improbable n'aura pas illuminé les esprits, le projet, envisagé sous cet aspect, restera ce qu'il est, un *plagiat*, un *double emploi ou une énigme*.

Paris.—Imp. de E. Brière et Cᵉ, rue Ste-Anne, 55.

Paris. — Imprimerie de E. Brière et Cᵉ, 55, rue Sainte-Anne.